KB067496

여기까지가 미래입니다

여기까지가 미래입니다

황인찬 시집

K POET

아시아

차례

여기까지가
미래입니다

파워

버섯을 찾으려 풀어둔 돼지를 찾아 온종일 산을 헤맸다 그것은 살아 있을 적의 일은 아니고

그저 내 꿈속에서의 일

버섯에도 돼지에도 산에도 딱히 관심 없는데 왜 꿈에 나오는 걸까 왜 시로 쓰는 걸까

그런데도 밤을 새워버렸다

나는 산속을 헤매다 혼자 깊은 곳에 서 있었고 동이 아직 트기도 전이었는데

어디선가 잠에서 깬 새 한 마리가 울기 시작하고
온 사방에서 새들의 울음이 가득해진다

찌이찌이삑삑꾸르르꿀꿀

새들은 보이지도 않고 돼지는 찾지도 못했는데,
아무튼 살아 있는 것들의 대합창 속에서 나만 빼고 모든 것이 하나로 연결되어 있다는 느낌

그것도 꿈속에서의 일이다

꿈 밖에서의 일은 이런 것이다

나는 산속에서 무기를 들고 무기를 지키는 사람이었고, 나와 함께 산속에서 무기를 들고 무기를 지키는 사람이 내게 중요한 사실을 말해주기로 되어 있었다

그러나 그때는 동트기 직전의 가장 어두운 시간이었으므로 나는 그만 잠에 들고 말았던 것이다 그리고 그때 꾼 꿈이 바로 돼지버섯꿈

모든 것이 침묵으로 감싸인 새벽의 공기와 빛 속에서
그는 잠에서 깬 나를 보고 웃으며

중요한 사실에 대해 내게 말해주었지만, 나는 그게 원래 그가 말하려던 것이 아니었음을 알고 있었다

교통

오리가 지나가는 길목에서 이건 누구의 잘못도 아니라는 걸 알았다

그걸 깨달은 건 나만은 아니었다 지나가는 오리를 보며
모두가 그것을 떠올렸다

아무도 그것이 무엇인지 모르면서, 그런데도
무엇인가를 이해하면서

저기 오리가 지나간다 오리는 울면서 걷는구나 꽥꽥 울며 걷는다

뒤뚱뒤뚱 걷는다

오리가 울면 슬퍼

오리는 안 슬퍼

자꾸 누가 운다 걸으면서 운다

빛

— 너는 아름답다는 말이 되게 쉽게 나오더라

— 그게 나쁜 일인가

너는 화면을 보지 않은 채 대답을 한다

그쪽은 지금 봄이라고 했던 것 같다 창밖이라도 보고 있는 것이겠지 가득 핀 벚꽃이 바로 보이는 곳이라 했다 나는 실험동물이 새끼를 밴 일에 대해 이야기했고, 너는 그걸 듣고 아름답다고 했던 것이다

— 뭘 보고 있는 건데

— 아무것도

내 오른쪽으로는 남극의 바다가 펼쳐져 있다 희거나 푸른 것만 가득해서 가끔은 이 모든 것이 꿈속의 장면 같다 너를 직접 만나 이야기한 지도 너무 오래되었다

— 돌아오면 우리 바다에 갈까?

— 여기가 물 반 얼음 반인데 무슨 바다야

우리는 이야기했다 식물원이나 미술관, 바닷가와 공원, 이미 가봤지만 다시 가보고 싶은 곳들에 대해, 다시 가서 다시 보고 싶은 것들에 대해 그러나 이야기는 언제나 이쯤에서 끊기고,

바깥으로는 영하 37도의 세계다

나는 자리에서 일어나 바깥을 본다 이미 아는 풍경이 펼쳐져 있을 뿐이고

– 그게 나쁜 일인가

– 아무것도

– 돌아오면 우리 바다에 갈까?

화면 속에서 너는 나 없이 혼자 말하고 있었다

그때 네가 보고 있던 것은 벚꽃이 맞았을까, 이제는 영원히 알 수 없었다

금렵

"사냥은 안 돼 사냥을 하면 안 돼 사냥을 해서는 절대로 안 돼."

왜 작은 토끼 한 마리가 내게 그런 말을 한 것이었을까 토끼는 거리의 한가운데 서 있었다

사냥은 무섭고,
사냥은 나쁘다고,

토끼는 그렇게 말하고는 코를 벌름거리고 뒷발로 귀를 긁으며 딴청을 피우고 있었다

귀엽기도 하지

나는 그런 생각을 하며 토끼를 보았다

나는 사냥 당했다

작은 토끼 한 마리가 왜 거리의 한가운데 서 있는 것인지는 아무도 몰랐다

법 앞에서

나는 천국에 이르기 위해 먼 길을 걸었고 천사와 화염검이 지키는 천국의 문에 도착하였다

문이 열리고 아이가 고개를 내밀며 묻는다
천국이 있어요?

나는 문지기와 함께 문 앞에서 기다린다 떠나간 천국이 돌아올 때까지

실명

왜 사람들은 실내에 나무를 심는 거죠?

빈 의자들이 가득해져서 민망해지는 주말의 오전입니다

잎의 무게를 견디지 못하고 아래로 처지는 나뭇가지들
아름다운 모양이라고 말해지는 모양

전력을 다해
민망한 일에 몰두하고 있습니다

하나의 의자를 들이고, 그 의자를 다시 비우게 되고
실례합니다, 목소리가 아무도 없는 실내를 울리면

더욱 민망해지는 것이 있고

아래로 처지다 못해 뿌리를 내리는 나뭇가지들

그런데 어째서 실내에 나무를 심는 것인지?
잎은 아주 파랗고 또 윤기가 흐릅니다

또 나는 실내의 나무가 스스로 생육할 때 그것이 누군가의 섭리라고 들은 바 있습니다

누가 그랬습니까?
이러면 모든 게 나아질 거라고, 누가 그랬습니까?

잎은 너무 파랗고 무겁고 땅을 향해 기울어서
이상한 존재감을 발하고 있습니다

나는 그것이 오전에 흔히 일어나는 사소하고 번잡스러운 오해일 것이라 믿으려 합니다

하지만 어떻게 물어야 합니까?
사람들이 실내에 나무를 심는 이유를, 그것이 멋대로 자라며
점점 빈 의자를 늘려가는 이유를, 그러다 보면 그만큼 민망함을 느끼게 되는
저 목제 사물들에 대하여 말입니다

안경

바다는 안경을 삼키고

두려워져서 나는 앞을 향해 걷는다
물에 떠밀려 겨우 서 있는데

안경을 찾아오라고, 안경을
찾아야 한다고

물속을 걸으면 어느새 사람은 보이지
않고 바다가 사라지고 두려움이 증발하고

안경만
안경만 남아 있고

나는 앞을 향해 걷는다

안경을 손에 꼭 쥐고

만종

타종을 기다리는 사람들이 많았다 폭죽이 터지고 사람들의 환호성이 들려오고

어디로든 이제 가자

그 말이 고마웠다 머리 위로 셀 수 없는 것들이 떨어지고 있다 종소리는 어느새

멎어 있었고

사람들은 걸었다 천변을 지나 한강을 지나 이미 죽은 다른 사람들을 지나

새해를 걷고 있었다

사람들은 자꾸 걷기만 했다 무너진 아파트를 지나 앙상한 가로수들을 지나 어디로든 이제 가자

고맙고 쓸모없는 말이구나

다시 공중에서 종소리가 들려왔다 새해가 한밤중에 시작되었다

백행

책상 위에 놓인 것은 쓰다 만 소설 뭉치와 누렇게 변한 선인장 화분이 하나, 책상 앞에 있는 것은 나의 연인이었다

"어쩜 그래? 시인이란 족속들은 하나같이……."

그가 말할 때 나는 살아 있는 거미가 느리고 분주하게 다른 살아 있는 거미를 잡아먹는 것을 보고 있었다

그는 이제 그만두겠다고 했다
무엇을 그만두려는 것인지는 말하지 않았다

거미는 천천히 실에 감긴 거미에게서 무엇인가를 빨

아 마시고 있었다 그는 말을 타러 갈 것이라고 말했다

백색의 말을 타고 천천히 트랙을 돌 것이라고 했다
(그러고는 이제 그만둘 것이라고 재차 힘주어 말했다)

거미집이 비에 젖는데도 거미는 움직이지 않았다

그것은 모두 책에 쓰인 말이었다

나는 그가 하려는 모든 것을 이해한다고 말했다
이해한다고 말했다

너무 큰 소리로 웃지 말자

밤의 연남동은 사람들로 가득합니다 사람 아니라 개도 많지만 사람은 더욱 많습니다

그러나
연남동의 밤거리를 같이 걸었던 사람들을 생각하면

누구부터 떠올려야 할지 알 수가 없군요

누구였는지 구분되지 않는 사람들과 개와 산책하거나 사람과 산책하는 사람들 사이를 지나갔던 것은 분명히 기억나는데

자꾸 생겨나고 없어지는 가게들

무슨 가게인지는 몰라도

항상 아주 맛있지만 사실 조금 짜고 사실 너무 비싼 것 같고 그래도 와, 여기 정말 맛있어요, 그렇게 말은 했지만 두 번 올 일은 없겠다는 생각을 했던 것만은 기억이 나고

괜찮은 가게들은 금방 다 없어진다고
툴툴대는 사람들을 생각하면

누구부터 떠올려야 할지 알 수가 없군요

연남동에서 조금 걸어가면 홍대 조금 걸어가면 연희

동 그렇지만 어디로도 가지 못하고 연남동에 주저앉은 채 하염없이 사람들만 바라보았던 그런 기억만은 남아 있는데

연남동의 밤거리를 같이 걸었던 사람들은 누구신가요
살아 계신가요

저는 아직입니다
여러분도 아직이시라면……

그것만으로 저는 기쁩니다

기쁨이 빛을 만들고 빛이 말씀이어서 말씀은 인간을

만들 수도 있겠지마는

오전의 연남동은 생각보다 사람들이 적군요

그것을 이 기회에 알게 되었습니다

지국총 지국총

연인과 함께 호수에 갔다 노를 저으면 물소리가 들렸다

지국총 지국총 어사와

그게 노를 젓는 소리라고는 상상도 못했어 재미있는 일이라는 듯 연인은 자꾸 웃었지만

무엇이 재미있다는 것일까
잘 이해되지는 않았고 노를 저으면

물소리가 들렸다

연인과 함께 안개 속에 있었다 호수는 너무 고요해서
어쩐지 무서운 기분이 들었다

왜 연인은 자꾸 웃고만 있는 것일까

지국총 지국총 어사와

그렇게는 들리지 않는 소리가 웃음소리와 겹쳐져 울리고

안개가 너무 심해서 연인과 나 두 사람 말고는 아무것도 보이지 않았고

우리 이제 돌아가야 할 것 같아

그렇게 외치려 했는데

아무 소리도 나지 않았다

부서지지 않는

비가 내린다
그렇게 시를 시작하면 이미 시를 다 쓴 것 같다

시에 대해 말을 하며 시를 시작하면
무엇이라도 쓴 것만 같고

사랑에 대해 말하면
조금 더 사랑하는 기분이 드는 것처럼

그런데 비가 내리고 나면 무슨 일이 일어나야 하지?

비에 대해 말할지, 빗속의 두 사람을 그리면 좋을지,
아니면 비 오는 날의 흙냄새나 젖은 옷에서 전해져오는

무겁고 축축한 기분을 묘사하면 좋을지 고민하면서

비가 내리고 있다
그렇게 적어두면 일단 마음이 놓인다

"일은 잘되고 있어?"

네가 물었을 때는 창밖으로 저녁의 어둠이 찾아오고 있었고, 창밖이 어두워지니 창 안쪽의 모습이 창에 비친다

거기에는 부드럽고 안락한 공기 속에서 서로를 마주 보며 할 말이 너무 많아 무슨 말을 해야 할지 고민하는

두 사람이 보이고

오늘은 여기까지만 해야겠구나,
너의 얼굴을 보며 그런 생각을 하게 되고,

우리는 웃으며 문 앞에 나란히 선다

문을 두드리는 사람이 있다
비에 젖은 사람이다

나를 부르는 사람이다

모자가 사라진 날*

우에노 동물원의 판다를 보려고 사람들이 끝없이 줄을 서 있었어 마치 판다를 보기 위해 살아온 것처럼

방과 후의 교실에서
그 아이는 그렇게 말했다

그러나 우리가 함께 동물원에 가는 일은 없었다 이 시에서 당신이 생각하는 그런 일은 일어나지 않는다

길에서는 흰 고양이를 보았다 검은 개가 그걸 보고 짖는 것을 보았다 그 역시 당신이 생각하는 그런 뜻은 아닐 것이다

한여름 저녁,

동물원에서는 판다 모자를 팔고 있다고 했고

혼자 돌아가는 길은

좁은 골목길

길어진 그림자 말고는 아무것도 보이지 않았다

사라진 모자는 아직 돌아오지 않았다

그것은 당신의 생각과는 무관한 일이었다

* 이 시는 2019년 5월 한국문학번역원이 지원한 교차언어낭독회 '역:시(譯:詩)'를 위해 쓴 것이다. 나는 이 시를 일본어로 썼고, 그것을 다시 일본 원어민 번역가들이 한국어로 번역하였다. 그러나 이 시는 그들의 번역본이 아니라 나의 또 다른 번역본이다. 일본어로 먼저 사고하고, 다시 우리말로 고치는 과정을 거쳤다.

무궁

장희는 잠들지 않고 동물원에서 보고 온 곰을 생각한다 장희는 동물 중 곰이 가장 좋다 왜 곰이 제일 좋아요? 엄마가 물으면 대답은 않고 그냥 크앙 크앙 이제 엄마는 없지만 곰은 아직 있는 것이다

어느 이야기에서 한 사냥꾼이 곰을 잡으려 굴까지 쫓아갔으나 어린 곰이 있는 것을 보고는 사냥을 단념했고, 그 후로 그 땅은 어린 곰이라 불렸다 또 어느 이야기에선 두 마리의 곰이 선지자를 놀린 마흔두 명의 아이를 물어 죽였으며, 어느 이야기에선 곰이 사람이 되어 아이를 낳기도 하는데

그중 장희가 가장 좋아하는 이야기는

겨울잠에 들지 않는 곰의 이야기

잠들어야 할 때 잠들지 않아 숲에는 소동이 일어나고
새들도 별들도 나무도 바람도 모두 안절부절하다 곰은
결국 숲을 떠나 추운 겨울 속으로 사라지는 이야기

장희가 잠들지 않는 것이 곰은 슬프고
곰의 슬픔이 동물원을 빠져나와 도시를 가득 채우고

비 내리는 겨울밤

세상이 모두 슬픔에 빠져 있을 때
장희가 곰을 생각하며 가까스로 잠든다

그것이 이 이야기의 시작이다

흔들림

비 오는 날 창을 열어두면 실내는 흥건해지는 것이다

오늘은 바닥에서 자야겠네
그는 웃으며 말하고

거실 바닥에 누워 있을 때, 그는 상상을 한 것이다 지면이 흔들리고 나무가 흔들리고 건물이 흔들려서 모든 것이 주저앉는 세계에서

나란히 쓰러지는 두 명의 사람
두 그루의 나무
두 마리의 다리

스르륵

잠이 들겠지

깨어나서는 모든 것이 전과는 다른 것이다

관계가 새롭게

실내가 새롭게

모두가 서로를 교환하는 것이다

창밖을 보면 거리는 이미 하얗게 말라 있고, 모든 건물들이 더없이 선명하게 보이고,

그는 이것이 정말로 사랑이라고 믿는다

잘 잤어? 그는 나에게 묻고,

나는 어제 무슨 일이 있었느냐고 묻고,

그는 응, 아니, 웃으며 답한다

무취

두 개의 발이 걷고 있다

냄새 없는 발이다

나는 아주 커다랗고 하얀 발을 갖게 되었다

수상한 냄새나

아찔한 냄새 같은 거, 그런 것도 없이

정말 잘살 수 있을까?

흔적도 없이

마음도 없이

두 개의 발이 나란히 걷는다

개의 발자국 같은 것이 남는다

환영하는 영화

창밖으로 쏟아지는 무수한 빛을 보고 있으면
이게 현실일 리 없다는 생각이 든다

바싹 마른 운동장이 보인다
뛰어가는 애들이 보인다

여기서는 모든 것이 내 생각보다 조금씩 더 하얗고
흐리구나

내 생각이란 것은 무엇이었을까……

어두운 복도를 한참 걸었다
혹시 아는 사람을 마주칠까 두려워하며

만약 이것이 영화였다면 누군가를 마주쳤겠지,
어린 나를 아꼈던 선생님이나, 어른이 되어버린 그 애일 수도 있겠지

밖에서는 애들이 뭐라고 외치고 있다

복도는 너무 서늘해서 오히려 안심이 된다
놀라운 기쁨보다는 슬픔의 익숙함이 편안하다

창밖으로 쏟아지는 무수한 빛을 보고 있으면
이게 인생일 리 없다는 생각이 든다

어두운 복도를 한참 걸었다

식어버린 손을 주머니에 넣으니 약간 따뜻했다

메트로놈

하루를 보내는 사이에 머리가 하얗게 새어버린 아이와 귀가한다

아이의 뒤를 줄지어 따르는 검은 군대 있다

종탑 위에 앉아 있던 새들은 날아가고

군화소리 맴맴 돈다

철문이 늘어선 골목이 남는다

열린 적 없는 문들이다

생시

더는 시에 꿈을 넣어서는 안 된다

꿈속의 일을 시에 쓰면 현실이 된다 모래 요정이니 창백한 말이니 하는 것들이 거리에 이미 차고 넘친다

밥을 먹다 말고 대뜸 그가 말했고
너무 이상한 소리라 그게 무슨 말이냐 물어볼 수도 없었다

"요새 많이 힘들지?" (고민 끝에 겨우 고른 말)

아침의 빛이 식탁에 내려와 머물고
모든 것이 정물화처럼 아니면 무슨 영화의 스틸컷처럼

고정되도록 구성되는 순간

항상 이럴 때는 새소리가 들려왔다는 생각
우리의 삶이 다소 지나치게 미장센을 추구한다는 생각이 들 때쯤

이것이 내가 예전에 꾼 꿈이라는 것을 알아차린다

그는 아무도 차려두지 않은 밥을 먹고 있다
흰 말이 거실에서 빛을 받으며 눈 감는다

여기까지가 미래입니다

점심에는 모두가 묶여 있어요 잠시 어딘가로 떠났다가 금방 모두 돌아와요

어떤 사람은 산책을 하고
또 어떤 사람은 물에 빠지고

사람들은 공원의 주변을 계속 헤매고 있고 그것이 현대인의 삶이라는 것이군요 이해했습니다

그러나 이해와는 무관한 것이군요 그 또한 이해합니다

오후의 온화한 빛 아래로 결별 중인 연인들 심각하고 슬픈 얼굴이군요 이별 후의 자유를 기대하고 있어요

공원 외에 어딘가로 갈 수 있는 것은 아니지만……

산책은 계속됩니다
점심에는 모두가 묶여 있으니까요

물에 빠진 사람이 물 밖으로 걸어 나오고 있습니다

시인 노트

세 번 반복되는 이야기

1

쓰는 일은 무엇일까. 시는 무엇일까. 시를 쓴다는 일은 또 무엇일까. 그런 것들을 생각하면 마냥 막막해진다. 누군가 시는 자유로운 것이라 말했지만 내가 거기서 발견하는 것은 유폐와 유폐의 예감뿐이다. 새는 자유롭지 않다. 새는 그저 새에게 주어진 만큼만 자유롭다. 김춘수에게 새가 없는 새장이 자유인 것처럼 나에게는 시의 유폐가 자유로 여겨진다. 우리가 보는 것은 시의 자유가 아니라 시가 꿈꾸는 자유의 꿈이고, 심지어 우리는 그것을 제대로 만지거나 볼 수도 없다. 무한한 자유를 꿈꾸는 시는 아름답지만 그것이 무용하고 불가능하기 때문에 아름다운 것이다. 다른 이들이 그렇듯이 나 또한 그 무용함에 마음이 간다.

그러니 쓰는 심정이 절박해진다. 수인의 심정으로, 어두운 이곳에서 나는 빛나는 외부를 꿈꾼다. 손에 닿는 것은 차고 단단한 벽이지만 그것을 보며 저편의 빛과 공기를 상상하는 것이다. 나는 자유를 보지도 못하고 알지도 못하는 채로 저것이 자유라고, 저기에 자유가 있다고, 그렇게 믿는다. 어둠이 빛을 암시하고, 고통스러운 삶이 이후의 평화를 가리키듯이, 시의 유폐가 시의 자유를 폭로할 것이라고, 그렇게 믿는 것이다.

어쩌면 유폐를 의식한다는 것은 내가 여기에 있음을 의식하는 가장 확실한 방법 가운데 하나일 것이다. 우리의 세계를 꿰뚫고 저편의 자유를 향해 날아가는 가장 강력한 무기일 것이다. 더욱 잘 유폐될수록, 그것을 강력하게 의식할수록 우리는 진정한 자유에, 그 불가능에 근접할 수 있다.

그러므로 나는 쓴다. 유폐되어 스스로 자유를 가리키는, 그러나 자유에 도달할 수 없다는 것 또한 명백한, 도무지 그것이 무엇인지 정확히 알 수 없는, 시라는 모호한 것을.

2

대상을 들여다보면 대상이 사라진다는 것. 대상을 선택하는 순간 대상이 대상을 벗어난다는 것. 이것이 쓰는 일의 신비함이다. 쓸수록 희박해지고, 쓸수록 멀어진다. 시는 항상 대상과 만나지 못한 채로 실패하고, 만약 우리가 정말로 대상을 붙들고 싶다면 쓰는 일을 그만둬야 할 것이다. 그렇지 않으면 우리가 붙들어 올리는 것은 우리의 소박한 욕망뿐일 테니까. 그러나 이 작고 치졸한 욕망이 시라는 무용한 짓을 지속하게 하는 동인일 것이다. 자유를 얻을 수도 없고, 대상에 닿을 수도 없는 이 지루한 운동이라니! 쓰는 일의 앞에는 언제나 '그럼에도 불구하고'라는 단서가 달려 있는 셈이다.

포착할 수 없는 대상에 대해 내가 무슨 말을 할 수 있을까. 나는 그저 있거나 없다고, 힘겹게 말할 뿐이다. 게다가 그렇게 말한다 해도 대상이 정말로 있거나 없는 것도 아님을 안다. 시는 대상의 실패이기에, 대상이 있거나 없다고 발언하는 일 또한 실패에 그치기 때문이다.

우리가 대상에 대해 쓸 때 대상은 결코 고정되지 못하

고, 있음과 없음 사이에서 끊임없이 부침하고, 그저 어느 순간 한쪽으로 약간 기울어진 상태에 놓인다. 여기서 있음과 없음은 서로 배격하지 않는다. 그것은 마치 명도(明度) 같은 것이어서 흑과 백 사이의 무한한 경우의 수로 나타난다. 대상은 약간 있으면서 약간 없다.

모든 대상은 회색이다. 이런 식의 단언도 가능할 것이다. 한없이 흑에 가깝거나 한없이 백에 가까울 수 있을지언정 그것은 회색이다. 그것은 승패가 명확하게 갈리지 않은 채 끝없이 유보되고, 죽거나 살지 않은 채로 죽었으면서 살아 있고, 마치 슈뢰딩거의 고양이처럼, 결정적인 순간 전까지 그것들이 혼재되어 있는 것이다. 이런 식의 영원한 유보상태가 대상과 우리 사이에 건널 수 없는 심연으로 자리 잡고 있다.

그럼에도 불구하고 우리는 계속 쓰는 것이다. 한없이 희박해지고 또 멀어져가는 대상에 대하여. 그렇게 쓰다 보면 우리는 아주 희미한 윤곽을 드러내는 무엇인가를 발견한다. 그것이 무엇인지 우리는 모른다. 자신의 치졸한 욕망일 수도, 어쩌면 근접한 대상일 수도 있는, 그러나 그 어느 것도 아닌 무엇이 언뜻언뜻 비친다. 조금만

손 내밀면 닿을 수도 있을 것 같다. 그 애타는 마음이 계속 시를 쓰게 만든다. 이 영속적 유보와 불가능의 안개 가운데 우리가 홀로 던져져 있다.

3

그러니 있거나 없다고 쓰는 일은 다만 대상이 있거나 없길 바란다는 말에 다름없을 것이다.

이 모든 것이 무용하다는 것을 알면서도, 우리가 자유를 얻을 수도 없고 진정한 대상을 만날 수도 없는 이곳에서, 우리는 쓴다. 그것이 그렇게 되리라고 믿으면서.

Let there be light.

그렇게 반복해서 말하는 것은 선언이자 진술이자 기도이고, 쓰는 모든 일의 원형인 셈이다.

쓰인 것이 만들어내는 그 모든 환영들, 가짜들, 그림자들, 우리가 인간이기에 만들어내는 그 수많은 거짓된 빛들. 그 속에서 우리는 계속 실패하면서도 갈구한다.

눈을 감고, 본 적도 없고 볼 수도 없는 그 대상에 마음을 향하며, 계속 기도하는 자세를 취하며.

이 짧은 글 속에서 계속 반복되고 번복되며 부딪히는 이 모든 이야기들을 뒤로한 채, 그 하나의 자세만 남기고 싶다. 그러니 한 번 더 반복해 말하는 것이다. 그저 쓴다고. 그 어둠과 불가능 속에서.

시인
에세이

세 번 부정하기

1

아름다움이란 근본적으로 멀리 있는 것에 대한 감각이다.

지나치게 가까운 것은 아름답지 않다. 아무리 아름다운 이라 하더라도 그는 거울을 보며 자신을 아름답다 여기지 못할 것이다. 너무 가까이 있으니까. 그러므로 아름다움은 언제나 현실에서 조금 떨어져 있다. 아름다움이 우리 손에 잡히지 않는 것이라는 사실이 우리를 애달프게 하고, 또 열정적으로 만든다.

너무 가까운 사건은 아름다울 수 없다. 내 가족의 숭고한 희생은 아름다울 수 없고, 어제 일어난 비극에 대해 쓸 때, 그것을 아름답게 쓰는 일은 불가능하다. 그리고 그것이야말로 예술의 무력함의 원인이다.

한때 세계는 아름다움의 기만을 넉넉하게 수용하고, 오히려 그 기만으로부터 세계의 새로운 이미지에 대한 영감을 얻기도 했으나, 이제 우리의 삶은 너무나 예민하고 복잡한 것이 되어버렸다. 지금 나는 우리 앞에 놓인 수많은 재난의 신호들을 긴급하고 급박한 것으로, 우회와 전환의 여지가 없는 것으로 받아들인다.

2

김종삼의 시 「무슨 요일일까」는 인간이 떠나간 폐병원을 무심하게 그린다. 인간이 떠나간 자리에는 수풀이 무성하고, 그 푸르른 빛을 두고 인간의 영혼처럼 여기저기 널려있다고 시인은 묘사한다. 거기에는 빈 유모차 한 대가 덩그러니 놓여 있으며, 그것은 인간이 완전히 사라져 버린 세계를 강렬하게 상징한다. 그 텅 빈 폐허의 시는 믿을 수 없이 아름답고, 또한 신성하게 느껴지기까지 한다. 시간성조차 완전히 사라져버린 그 세계에서 시는 무심하게 묻는다. '오늘은 무슨 요일일까'라고.

한국전쟁의 상흔을 평생 짊어져 온 시인은 그 지독한

고통을 넘어설 수 있는 초월성을 희구했으리라. 인간을 견딜 수 없어서, 누군가가 죽는 일을 더는 볼 수가 없어서 인간이 사라진 신성한 세계를 상상한 것이었으리라. 이 아름다운 세계를 현실도피적이라고 비판하는 것이 과연 가능할까. 설령 그것이 도피적이라고 하더라도 그것을 비윤리적이라고 말하는 일은 정녕 가능할까. 한 인간이 자신의 고통을 아름다움으로 승화할 수 있다는 그 사실 자체가 세계의 참혹함에 대한 빛나는 저항일 수 있었던 때가 과거에는 있었다.

내가 시에 매료되었던 순간은 이처럼 아름다움이 그 자신의 초월성을 숨김없이 드러낼 때였다. 나는 체홉의 소설이 삶의 비의를 한순간에 폭로할 때 쏟아져 나오던 그 빛에 마음을 빼앗겼고, 김종삼의 시가 절대적인 침묵으로 가득한 세계를 그려낼 때, 이것이야말로 시가 도달할 수 있는 가장 아름다운 지경 가운데 하나라고 믿었다. 그리고 그 순간들은 분명 이 세계에 대한 의미 있는 안티 테제로 기능하고 또 존재했노라 믿기도 했다.

그러나 이제 이런 시는 쓸 수 없다. 써서는 안 된다. 그런 생각이 시인으로서 내가 갖는 강박이다.

3

시인 정한아의 박사 학위 논문 「빵과 차:무의미 이후 김춘수의 문학과 정치」(Bread and tea:Gim Choon-soo's literature and politics after nonsense)는 김춘수에 대한 매우 흥미로운 해석을 제시한다. 그것은 김춘수가 5공화국 하에서 정치에 관여했던 것과 그의 문학 작품을 함께 연결 지어 이해하는 작업이었는데, (내가 이해하기로) 그것은 문학과 정치의 새로운 관계 설정이 요청되는 오늘날, 시인으로서 품고 있는 고민을 연구자로서 적극적으로 풀어낸 것이었다. 그 논문은 이렇게 끝난다.

> 그는 그 어떤 것도 감당할 필요가 없다. (중략) 그를 죽인 것이 고문인지, 그의 계급인지, 역사주의인지, 혹은 자기 자신의 관념 공포증인지 확언할 수 없으나, 그가 원하던 무위의 자유가 죽은 듯이 살 자유와 다르지 않았음은 이제 분명해진 듯하다. 한 가지는 그가 옳았다. 이기주의 철학의 예외성은 그 어떤 방법으로도 보편주의에

의해 패배하지도, 논파되지도 않는다. 이기주의 철학의 윤리에서 세계는 '나'와 철저히 별개이기 때문이다. 세계는 세계—'나'와 타자의 관계성의 총체—를 '나'의 존재와 삶의 필수불가결한 조건으로 생각하는 보편주의자들에게나 맡겨두고, 그에게는 매일 차 한 잔씩을 마시도록 하는 것이 좋을 것이다. 그가 정치를 하겠다고 결심하지 않는 한은 말이다.*

그의 논문은 독특한 반역사주의적 태도를 작품 속에서 보여온 김춘수의 시와 삶에 대한 강력한 비판이었다. 그는 이 뛰어난 논문을 통해 한국 문학사가 견지해온 아름다움에 대한 오랜 믿음 가운데 하나인 무용한 문학의 가치에 대해 우회적인 결별 선언을 하는 것으로 보인다. 문학의 무용함이 오히려 우리의 삶을 구원할 것이라는 생각은 오래도록 한국 문학에서 중요한 믿음이었다. 그러나 예술의 무용함이 곧 불온함을 상징하던 시절이 끝나버렸고, 많은 시인과 예술가들은 자신이 쓰는 시의 쓸

* 정한아, 「빵과 차(茶) : 무의미 이후 김춘수의 문학과 정치」, 연세대학교 박사논문, 2016, 137쪽.

모없음이 사실은 체제의 안정에 이바지할 뿐이라는 불안에 시달리고 있다. 결국 김춘수에 대한 그의 비판은 그 자신에 대한 통렬한 비판이기도 하였으리라.

4

내가 요즘 가장 자주하는 생각은 아름다움에 대한 나의 적개심을 어떻게 멈출 수 있는가 하는 것이다. 아름다움을 생각하면 죄를 짓는 기분이 든다. 아름다움을 생각하면 기만적인 일을 하는 것만 같다. 아름다운 것을 보며 슬픔을 느낄 때, 나는 나 자신의 슬픔에 낙담한다.

그러나 사실 굳이 아름다움에 적개심을 가질 이유 같은 것은 없다. 이건 (항상 그러했듯) 그저 나 자신에 대한 적개심을 굴절하여 드러냈을 뿐이고, 나의 무력함을 위장하기 위한 것일 따름이다. 내가 해야 할 일이 크게 달라진 것도 아니다. 나는 시인으로서 시를 쓰고, 또 때로는 시민으로서 공동체의 지속 가능한 미래를 고민할 따름이다. 시인으로서의 나와 시민으로서의 내가 서로 견제하며 삶을 지속하는 동안, 아름다움을 미워하지만 아름다움과 도저히 결별하지는 못하면서 계속 시를 쓰는 동안, 어쩌면 시의 용처 또한 넓어질 수 있겠지. 그렇게 되지 않는다면, 그저 그렇게 삶이 지속될 뿐이다. 계속되는 삶이라는 것만큼 두렵고 당황스러운 것도 없겠지만, 그것이야말로 어쩔 수 없는 일 아니겠는가.

발문

이미 도달한 미래

강성은(시인)

인찬과 시인들 몇이 함께 과천에 있는 동물원에 간 적 있다. 동물원에서 그는 분주한 아이처럼 들떠 보였다. 일 년에 한 번 정도는 동물원에 간다고 했다. 그 전해에도 그 전전해에도 그는 거기 있었을 것이다. 우리는 독수리도 보고 홍학도 보고 공작도 보았다. 왜 그날의 기억 속에는 날지 않는 새들만 떼지어 모여 있는 것인지. 그가 동물원을 능숙하게 안내해주고 공작의 날개에 대해 설명도 해주었는데 자세한 말은 기억나지 않는다. 그저 해가 질 때까지 있다가 어두워질 무렵 동물원을 나섰던 기억. 어둠이 내려앉는 동물원을 나올 때 등 뒤에서 동물들의 울음 소리가 들렸는데 어딘지 구슬프게 들려서 인간이 사라진 곳에서 그들이 맞게 될 것이 안식인지 아니면 외로움과 고독인지 궁금했다.

황인찬의 시에서는 동물들이, 동물원이 자주 등장한다. 이번 시집에서도 황인찬은 돼지나 오리, 토끼의 말을, 무언의 몸짓을, 겨울잠에 들지 않는 곰의 슬픔을 이해하는 것 같다. 이해한다는 것은 어떤 마음의 태도일까. 더구나 "그것이 무엇인지 모르면서, 그런데도/ 무엇인가를 이해"(「교통」)한다는 것은 어떻게 가능한 것인가.

> 어떤 사람은 산책을 하고
>
> 또 어떤 사람은 물에 빠지고
>
> 사람들은 공원의 주변을 계속 헤매고 있고 그것이 현대인의 삶이라는 것이군요 이해했습니다.
>
> 그러나 이해와는 무관한 것이군요 그 또한 이해합니다
>
> —「여기까지가 미래입니다」 부분

점심 때 공원의 주변을 계속 헤매고 있는 사람들이 있다. 산책을 하는 사람, 물에 빠지는 사람, 결별 중인 연

인들이 있고 그들은 모두 묶여 있다. 그것이 현대인의 삶이라고. 그러나 물에 빠진 사람이 물 밖으로 걸어 나오는 광경 역시 현대인의 삶이다. 그는 물 밖으로 걸어 나와 여전히 공원의 주변을 맴돌 것이다. 공원 외에는 어디로도 갈 수 없는 삶의 조건 때문에 그는 무엇인지 모르면서도 이해할 수밖에 없는 슬픈 현대인이 된다. 현대인들에게 미래란 무엇일까. 먼 길을 걸어 도착한 천국의 문 앞에서 아무리 기다려도 오지 않는 떠나간 천국(「법 앞에서」) 같은 것은 아닐까. 물에 빠졌다 걸어 나온 사람은 물속에서도 천국을 만나지 못했을 것이다.

다시 "그것이 무엇인지 모르면서, 그런데도 무엇인가를 이해"(「교통」)한다는 것은 어떻게 가능한 것인가. 이해한다는 것은 받아들이겠다는 태도다. 그러므로 그는 체념이 아니라 포기가 아니라 차갑게 받아들이기로 한 것이다. 공원 외에 어딘가로 갈 수 없다는 사실을. 내가 걷고 있는 여기가 바로 미래라는 것을.

이전 시집 『사랑을 위한 되풀이』(창비, 2019)에서 "사랑 같은 것은 그냥 아무에게나 줘버리면 된다"고 했던 시인의 말이 떠오른다. 단호하고 통쾌한 어조가 맘에 들어 읽자마자 웃었다. 사랑이 그냥 아무에게나 줘버려도 되는 것이라면 사랑 역시 미래라는 공원 속에 있는 것 같다. 연인과 단둘이 안개로 휩싸인 고요한 호수에서 노를 젓는 일, 연인의 웃음 소리와 노 젓는 소리가 사라지고 연인의 얼굴도 보이지 않게 되고 안개만 가득한 호수에 남게 된 일(「지국총 지국총 어사와」) 역시 이들이 당도한 받아들일 수밖에 없는 어떤 미래인 것이다. 그 미래는 오지 않은 시간이 아니라 구체적 시간과 공간이며 먼 곳에 있는 것이 아니라 지금 여기 내 눈 앞에 있는 확실한 감각이다.

> 아침의 빛이 식탁에 내려와 머물고
> 모든 것이 정물화처럼 아니면 무슨 영화의 스틸컷처럼
> 고정되도록 구성되는 순간
>
> —「생시」 부분

비단 이 시를 읽을 때만 느끼는 것이 아니라 황인찬의 모든 시에서 이러한 순간이 재현된다. 일순 시간이 정지

하고 소리가 멈춘 공간 속에서 독자마저 숨죽이고 있어야 할 것 같은 기분이 든다. 이때 묘한 시적 긴장감이 발생하고 고요함이 불길함으로 서서히 바뀌는 것을 본다. 그것은 너무나 서서히 진행되어서 어느새 주위를 돌아보면 태풍의 눈 속에 들어와 있는 것 같다. 마치 나도 모르는 사이에 현대인이 되어버린 것처럼, 멀게만 느껴졌던 미래에 이미 도달해버린 것처럼.

몇 해 전 동물원을 서성이던 우리들의 모습도 동물원 우리 속에 있던 동물들의 모습도 어딘지 공원을 헤매는 사람들의 모습과 닮아 있다. 인찬에게 최근에도 동물원에 간 적이 있냐고 물어보려다 만다. 지금은 어디에도 쉽사리 가지 못하게 된 지 오래. 동물들은 거기 그대로 있겠지만 언젠가 다시 그곳을 찾았을 때 동물들도 우리들도 그 이전과는 다른 존재로 살고 있을 것이다. "이미 가봤지만 다시 가보고 싶은 곳들에 대해, 다시 가서 다시 보고 싶은 것들에 대해"(「빛」) 떠올리지만 여기는 이미 도달한 미래. 영원히 알 수 없는 것들에 대해 이해한다고 말하는 자가 미래 속에 있다. 우리 모두 있다.

시인에 대하여

그는 더욱 나아갈 것이다. 『구관조 씻기기』를 통해 시작되었고 『희지의 세계』에서 도달한 부정성의 깊숙한 이면을 향해 말이다. 말했지만 그는 영리하며 또한 착하고 즐거운 아이니까. 그는 자신의 언어를 통해서 새와 개인 동물들의 세계를, '그녀'들의 '희지'를 포기하지 않을 것이다. 그는 부정성과 단순성을 통해 도래할 수 있는 마음을, 그 순수한 잠재적인 언어의 행위를 '즐길' 것이다. 이것이 황인찬이 스스로에게 시인의 이름으로 명명한 것이자, 진정으로 쓰기를 원하는 자의 운명이다. 따라서 그에게서 읽어내야 하는 것은 결국 그가 구축하고 있는 세계의 필연성이다. 저 순수한 언어들이 자신을 드러내기 위한 부정성과 냉소의 이면. 말하지 않음으로서 필사적으로 구성하려는 비밀스러운 의지의 즐거운 운동을 말이다.

김정현, 「너는 이제 '미지'의 즐거움일 것이다.」,
동아신춘문예(2018).

'나는 생각한다'는 문장이 황인찬의 시를 관통할 때, 그것은 끊임없이 시적 대상들을 바라보는 '나'의 태도

내지는 관심에서 출발하여, 바라보는 일로써 대상의 표면을 뚫고 그 빈자리에 '나'를 "빼앗기"는 데까지 이른다("오래 보면 영혼을 빼앗길 거야", 「말종」). 그리하여 남는 것은 무엇의 것인지도 모를 "허물"과 같은 한 세계이다. 가만히 바라보는 일로 그것과 조응하는 능력이 애초의 '나'라는 견고한 세계를 폐기하고 그것의 피부를 뚫고들어가 좀더 부피감 있는 세계를 일구하는 기묘한 실감을 바탕으로 한다는 것을, 그리하여 '나'라고 할 만한 것은 사라지고 '나'의 목소리만 점점 희미하게 울리는 공간이 시라는 이름으로 생겨난다는 것을 그의 시는 보여준다. 이렇듯 황인찬의 시에서 '나는 생각한다'는 문장은 새로운 관조의 문법으로 환하게 된다.

김나영, 「새로운 관조」, 창비(2013년 봄호).

황인찬은 시 안에서 '시'라는 말을 자주 쓰고 있다. 그는 약간 자조적인 어투로 "쓸 게 없는 시인들은 맨날 시에 대한 시"(「요가학원」)나 쓴다고 뇌까리기도 하지만, 그가 "그런 고민 속에서 이 시는 시작된다"거나 "이렇게 이 시를 끝내기로 했다"(「부서져버린」)고 할 때의 그 '시'

는, 대체로 '시를 향해서' 자기 지시적으로 작동하기보다 '삶을 향해서' 말하는 주어이자 '삶과 닮은' 목적어로 드러난다. 그의 시는 삶을 닮으려고 한다. 그러자 삶은 시의 빛을 되찾는다. 그 빛이 우리의 망각을 불편하게 한다.

김행숙, 「반복, 일상에서 잡아채는 시」, 문학동네(2020년 봄).

K-포엣
여기까지가 미래입니다

2022년 1월 28일 초판 1쇄 발행

지은이 황인찬
펴낸이 김재범
관리 홍희표 박수연
인쇄·제책 굿에그커뮤니케이션
종이 한솔PNS
펴낸곳 (주)아시아
출판등록 2006년 1월 27일 제406-2006-000004호
주소 경기도 파주시 회동길 445
전화 031.955.7958
팩스 031.955.7956
홈페이지 www.bookasia.org
E-mail bookasia@hanmail.net

ISBN 979-11-5662-317-5 (set) | 979-11-5662-581-0(04810)

값은 뒤표지에 있습니다.

바이링궐 에디션 한국 대표 소설

한국문학의 가장 중요하고 첨예한 문제의식을 가진 작가들의 대표작을 주제별로 선정!
하버드 한국학 연구원 및 세계 각국의 한국문학 전문 번역진이 참여한 번역 시리즈!
미국 하버드대학교와 컬럼비아대학교 동아시아학과, 캐나다 브리티시컬럼비아대학교 아시아학과 등 해외 대학에서 교재로 채택!

바이링궐 에디션 한국 대표 소설 set 1

분단 Division

01 병신과 머저리-**이청준** The Wounded-**Yi Cheong-jun**
02 어둠의 혼-**김원일** Soul of Darkness-**Kim Won-il**
03 순이삼촌-**현기영** Sun-i Samch'on-**Hyun Ki-young**
04 엄마의 말뚝 1-**박완서** Mother's Stake I-**Park Wan-suh**
05 유형의 땅-**조정래** The Land of the Banished-**Jo Jung-rae**

산업화 Industrialization

06 무진기행-**김승옥** Record of a Journey to Mujin-**Kim Seung-ok**
07 삼포 가는 길-**황석영** The Road to Sampo-**Hwang Sok-yong**
08 아홉 켤레의 구두로 남은 사내-**윤흥길** The Man Who Was Left as Nine Pairs of Shoes-**Yun Heung-gil**
09 돌아온 우리의 친구-**신상웅** Our Friend's Homecoming-**Shin Sang-ung**
10 원미동 시인-**양귀자** The Poet of Wŏnmi-dong-**Yang Kwi-ja**

여성 Women

11 중국인 거리-**오정희** Chinatown-**Oh Jung-hee**
12 풍금이 있던 자리-**신경숙** The Place Where the Harmonium Was-**Shin Kyung-sook**
13 하나코는 없다-**최윤** The Last of Hanak'o-**Ch'oe Yun**
14 인간에 대한 예의-**공지영** Human Decency-**Gong Ji-young**
15 빈처-**은희경** Poor Man's Wife-**Eun Hee-kyung**

바이링궐 에디션 한국 대표 소설 set 2

자유 Liberty

16 필론의 돼지-**이문열** Pilon's Pig-**Yi Mun-yol**
17 슬로우 불릿-**이대환** Slow Bullet-**Lee Dae-hwan**
18 직선과 독가스-**임철우** Straight Lines and Poison Gas-**Lim Chul-woo**
19 깃발-**홍희담** The Flag-**Hong Hee-dam**
20 새벽 출정-**방현석** Off to Battle at Dawn-**Bang Hyeon-seok**

사랑과 연애 Love and Love Affairs

21 별을 사랑하는 마음으로-**윤후명** With the Love for the Stars-**Yun Hu-myong**
22 목련공원-**이승우** Magnolia Park-**Lee Seung-u**
23 칼에 찔린 자국-**김인숙** Stab-**Kim In-suk**
24 회복하는 인간-**한강** Convalescence-**Han Kang**
25 트렁크-**정이현** In the Trunk-**Jeong Yi-hyun**

남과 북 South and North

26 판문점-**이호철** Panmunjom-**Yi Ho-chol**
27 수난 이대-**하근찬** The Suffering of Two Generations-**Ha Geun-chan**
28 분지-**남정현** Land of Excrement-**Nam Jung-hyun**
29 봄 실상사-**정도상** Spring at Silsangsa Temple-**Jeong Do-sang**
30 은행나무 사랑-**김하기** Gingko Love-**Kim Ha-kee**

바이링궐 에디션 한국 대표 소설 set 3

서울 Seoul

31 눈사람 속의 검은 항아리-**김소진** The Dark Jar within the Snowman-**Kim So-jin**
32 오후, 가로지르다-**하성란** Traversing Afternoon-**Ha Seong-nan**
33 나는 봉천동에 산다-**조경란** I Live in Bongcheon-dong-**Jo Kyung-ran**
34 그렇습니까? 기린입니다-**박민규** Is That So? I'm A Giraffe-**Park Min-gyu**
35 성탄특선-**김애란** Christmas Specials-**Kim Ae-ran**

전통 Tradition

36 무자년의 가을 사흘-**서정인** Three Days of Autumn, 1948-**Su Jung-in**
37 유자소전-**이문구** A Brief Biography of Yuja-**Yi Mun-gu**
38 향기로운 우물 이야기-**박범신** The Fragrant Well-**Park Bum-shin**
39 월행-**송기원** A Journey under the Moonlight-**Song Ki-won**
40 협죽도 그늘 아래-**성석제** In the Shade of the Oleander-**Song Sok-ze**

아방가르드 Avant-garde

41 아겔다마-**박상륭** Akeldama-**Park Sang-ryoong**
42 내 영혼의 우물-**최인석** A Well in My Soul-**Choi In-seok**
43 당신에 대해서-**이인성** On You-**Yi In-seong**
44 회색 時-**배수아** Time In Gray-**Bae Su-ah**
45 브라운 부인-**정영문** Mrs. Brown-**Jung Young-moon**

바이링궐 에디션 한국 대표 소설 set 4

디아스포라 Diaspora

46 속옷-**김남일** Underwear-**Kim Nam-il**
47 상하이에 두고 온 사람들-**공선옥** People I Left in Shanghai-**Gong Sun-ok**
48 모두에게 복된 새해-**김연수** Happy New Year to Everyone-**Kim Yeon-su**
49 코끼리-**김재영** The Elephant-**Kim Jae-young**
50 먼지별-**이경** Dust Star-**Lee Kyung**

가족 Family

51 혜자의 눈꽃-**천승세** Hye-ja's Snow-Flowers-**Chun Seung-sei**
52 아베의 가족-**전상국** Ahbe's Family-**Jeon Sang-guk**
53 문 앞에서-**이동하** Outside the Door-**Lee Dong-ha**
54 그리고, 축제-**이혜경** And Then the Festival-**Lee Hye-kyung**
55 봄밤-**권여선** Spring Night-**Kwon Yeo-sun**

유머 Humor

56 오늘의 운세-**한창훈** Today's Fortune-**Han Chang-hoon**
57 새-**전성태** Bird-**Jeon Sung-tae**
58 밀수록 다시 가까워지는-**이기호** So Far, and Yet So Near-**Lee Ki-ho**
59 유리방패-**김중혁** The Glass Shield-**Kim Jung-hyuk**
60 전당포를 찾아서-**김종광** The Pawnshop Chase-**Kim Chong-kwang**

바이링궐 에디션 한국 대표 소설 set 5

관계 Relationship

61 도둑견습 - **김주영** Robbery Training-**Kim Joo-young**
62 사랑하라, 희망 없이 - **윤영수** Love, Hopelessly-**Yun Young-su**
63 봄날 오후, 과부 셋 - **정지아** Spring Afternoon, Three Widows-**Jeong Ji-a**
64 유턴 지점에 보물지도를 묻다 - **윤성희** Burying a Treasure Map at the U-turn-**Yoon Sung-hee**
65 쁘이거나 쯔이거나 - **백가흠** Puy, Thuy, Whatever-**Paik Ga-huim**

일상의 발견 Discovering Everyday Life

66 나는 음식이다 - **오수연** I Am Food-**Oh Soo-yeon**
67 트럭 - **강영숙** Truck-**Kang Young-sook**
68 통조림 공장 - **편혜영** The Canning Factory-**Pyun Hye-young**
69 꽃 - **부희령** Flowers-**Pu Hee-ryoung**
70 피의일요일 - **윤이형** BloodySunday-**Yun I-hyeong**

금기와 욕망 Taboo and Desire

71 북소리 - **송영** Drumbeat-**Song Yong**
72 발칸의 장미를 내게 주었네 - **정미경** He Gave Me Roses of the Balkans-**Jung Mi-kyung**
73 아무도 돌아오지 않는 밤 - **김숨** The Night Nobody Returns Home-**Kim Soom**
74 젓가락여자 - **천운영** Chopstick Woman-**Cheon Un-yeong**
75 아직 일어나지 않은 일 - **김미월** What Has Yet to Happen-**Kim Mi-wol**

바이링궐 에디션 한국 대표 소설 set 6

운명 Fate

76 언니를 놓치다 - **이경자** Losing a Sister-**Lee Kyung-ja**
77 아들 - **윤정모** Father and Son-**Yoon Jung-mo**
78 명두 - **구효서** Relics-**Ku Hyo-seo**
79 모독 - **조세희** Insult-**Cho Se-hui**
80 화요일의 강 - **손홍규** Tuesday River-**Son Hong-gyu**

미의 사제들 Aesthetic Priests

81 고수 - **이외수** Grand Master-**Lee Oisoo**
82 말을 찾아서 - **이순원** Looking for a Horse-**Lee Soon-won**
83 상춘곡 - **윤대녕** Song of Everlasting Spring-**Youn Dae-nyeong**
84 삭매와 자미 - **김별아** Sakmae and Jami-**Kim Byeol-ah**
85 저만치 혼자서 - **김훈** Alone Over There-**Kim Hoon**

식민지의 벌거벗은 자들 The Naked in the Colony

86 감자 - **김동인** Potatoes-**Kim Tong-in**
87 운수 좋은 날 - **현진건** A Lucky Day-**Hyŏn Chin'gŏn**
88 탈출기 - **최서해** Escape-**Ch'oe So-hae**
89 과도기 - **한설야** Transition-**Han Seol-ya**
90 지하촌 - **강경애** The Underground Village-**Kang Kyŏng-ae**

바이링궐 에디션 한국 대표 소설 set 7

백치가 된 식민지 지식인 Colonial Intellectuals Turned "Idiots"

91 날개 - **이상** Wings-**Yi Sang**
92 김 강사와 T 교수 - **유진오** Lecturer Kim and Professor T-**Chin-O Yu**
93 소설가 구보씨의 일일 - **박태원** A Day in the Life of Kubo the Novelist-**Pak Taewon**
94 비 오는 길 - **최명익** Walking in the Rain-**Ch'oe Myŏngik**
95 빛 속에 - **김사량** Into the Light-**Kim Sa-ryang**

한국의 잃어버린 얼굴 Traditional Korea's Lost Faces

해방 전후(前後) Before and After Liberation

전후(戰後) Korea After the Korean War

K-포엣 시리즈 | Korean Poet Series

022 굴 소년들-**이설야** Cave Boys-**Lee Sul-ya**

021 끝을 시작하기-**김 근** Beginning the End-**Kim Keun**

020 호랑나비-**황규관** Tiger Swallowtail-**Hwang Gyu-gwan**

019 자살충-**김성규** Suicide Parasite-**Kim Seong-gyu**

018 호모 마스크스-**김수열** Homo Maskus-**Kim Soo-yeol**

017 해저의 교실에서 소년은 흰 달을 본다-**장이지**

A Boy Is Looking at the White Moon from a Classroom Under the Sea-**Jang I-ji**

016 느낌은 멈추지 않는다-**안주철** Feeling Never Stops-**Ahn Joo-cheol**

015 해피랜드-**김해자** HappyLand-**Kim Hae-ja**

014 마트료시카 시침핀 연구회-**유형진**

The Society for Studies in Matryoshka and Basting Pins-**Yu Hyoung-jin**

013 여름만 있는 계절에 네가 왔다-**이영주**

You Arrived in the Season of Perennial Summer-**Lee Young-ju**

012 세계의 끝에서 우리는-**양안다** We, At the End of the World-**Yang Anda**

011 깊은 일-**안현미** Deep Work-**An Hyeon-mi**

010 해를 오래 바라보았다-**이영광** I Gave the Sun a Long Look-**Lee Young-kwang**

009 유령시인-**김중일** A Ghost Poet-**Kim Joong-il**

008 자수견본집-**김정환** An Embroidery Sampler-**Kim Jung-whan**

007 저녁의 고래-**정일근** Evening of the Whale-**Chung Il-keun**

006 **김현 시선 Poems by Kim Hyun**

005 **안상학 시선 Poems by Ahn Sang-Hak**

004 **허수경 시선 Poems by Huh Sukyung**

003 **백석 시선 Poems by Baek Seok**

002 **안도현 시선 Poems by Ahn Do-Hyun**

001 **고은 시선 Poems by Ko Un**